星のゆらぎに火を焚べて

星野 灯

TOMORU HOSHINO

七月堂

SHICHIGASTUDO

もくじ

第三章

星のゆらぎに火を焚べて

第一章

灯台

ここで息をしたとき
地のものではなかった
白い巨塔の上で
私は海を見た

地上にいるときより
少しだけ空が近くて
風が迎えてくれるから

再会できる気がした

怖く、ない

空に向かって立つ灯台は
図太くまっすぐに
私を上向かせた

奥地

誰も振り返らなくても、私の居場所はここ。
立ち尽くしている、一人でも群れていても
心はここで。

知識が豊富なわけでは無いけれど、
私は宇宙の果てへ旅行ができる
本を読んで映画を見て、
プラネタリウムで星を見ながら寝息を立てる。

探してください
星が星であるための理由を、
空の奥地、
遠く手を伸ばしても届かない場所で
光を放つ意味を、

私はきっと星になる。
宇宙規模のかくれんぼをしたら
私は私を見つけられない、

私から見える世界そのものが私で

私自身は私では無い
と心が憶える時、足が少し浮き上がる。

手に

宇宙の端っこにいる
海に浮かんでいて
何も掴めないまま
ただ一人、夜を揺蕩う

シーツの抱擁の中、頬は濡れ
言葉をまた費やす、延命のため
粗大な心なら少しの悩みも

篩にかけず流せたのでしょうか

時は泡沫、
星を美しいと賛美する者が
なぜ死なねばならないのか
未だわからないままでいる

命であるということ

そこに在って

ここに亡い

ただそれだけのことに
深い傷を手にして
そのほかの何もかもを
持てないままでいる

ポエトリーゴーランド

咲いた花を讃えるような
そんな詩を読んでいる
さみしさのなかで
すこしだけ、心は温かくなれる

散った花を集めるような
そんな詩を書いている
たいようのしたで

だからこそ、愛は眩しく見える

大切な何かを
抱えて歩く人が
立ち寄れる場所で
詩は巡る

異星人

ゴロゴロ星からやってきたすいちゃんと
ダラダラ星からやってきたみんちゃんは
毎晩のように詩を書いていました

すいちゃんの教室では
友だちと仲良くせいと言われてしまうので、
休み時間が一番眠くなるそうです

みんちゃんのお家では
宿題せいとお母さんに言われてしまうので、
夕方が一番眠くなるそうです

チキュウというほしには
いろんな「せい」があふれていて
すいちゃんとみんちゃんは眠くなってしまいます

眠くなったら、ひとりだね
ゴロゴロしたり、ダラダラしたり
だけどちょっぴりさみしい気がする

ゴロゴロ星とダラダラ星は
チキュウから離れているので
逃避行にはもってこい

毎晩、チキュウが寝静まった後
詩を書いているときだけは
互いのほしが光って見えるのです

愛

その人について見つめることは
その人を生きることに少しだけ近い

その人の胸に咲く
花の色を知っていくこと
自分と共鳴する
涙の色を覚えていくこと
心のまんなかに

底のないさみしさを宿すこと
どうしようもなく愛おしいから
心のそこかしこ、その人の香り

未完成

砂漠の中を探しても見つかるようなものじゃなくて、足が痛くなってふと後ろを振り向いたときにできている轍は俯瞰的な私である。「心」とは別のところから自分を見ている傍観者的な自分がいて、感情が突出することの無いようなだめるのが役目。私は何人編成なのだろう。話す、書く、考える、寝る、すべて同一人物が行なっているわけでは無いと思う。そんなことに気づけないまま生きている人は生きる才能を持った人かその真逆か、私は人として生きることが得意ではないらしい、どうやら。教えてくれたのは、社会。人と人の繋がりを提示されたとき、初めて不器用だということを知る。その向こう側にあるのは、愛だとか、死だとか。初めから百点のドラマは面白くない、でも大抵ハッピーエンドだ。現実のどれほどの人がハッピーエンドなのだろうかと問いたいが、死者には会えないから、星を眺めて一度死んでみた。砂漠の中、歩いて見つけたのは、何もない

両手に爺

カウンターの中央に座り
麺を茹でる様を眺めながら
炒飯に付属のスープをすする

「いらっしゃいませ」
吸い込まれるように爺が入店
私の隣でラーメンのご注文

「いらっしゃいませ」
の声も聞かずにもう一爺入店
持ち帰り餃子と待ち時間用にソーダ

両手に爺
左手にラーメンすする爺
右手にソーダちびちび舐める爺

妙にここだけ密度が高い
爺私爺
三人だけの中華料理屋

左手の爺
こちらに構わず、新聞を広げ
右手の爺
こちら見るなり、私の飲むスープを
単品で頼む、
五十円也

それぞれの時間が流れているようで
交わっているような気もする
三人だけの中華料理屋

窓

窓の写す景色は
窓一つ一つ違う
海が見える窓
山が見える窓
となりの家が見える窓
公園が見える窓
窓はこの世界の事を
少しだけ教えてくれる

「この世界をもっと知りたいなら
窓の向こうへ進みなさい」
と言わんばかりに
窓は世界を写してる

誕生日

十九年が経った、らしい。
私が生まれてから。

生まれたら、今になってた。

そんな感覚だが、
十九年の轍は確かに私の中にある。

心身に残る傷跡が私を私だと証明する。
瞬間的に消えゆくはずの思い出を
記録しておける手段を私は知っている。
詩があってよかった。
新鮮を新鮮として受け入れられる
みずみずしさが私の心から溶けませんように。

父ちゃん、母ちゃんのために
産まれてきたわけではないけれど、
今ならば、言える気がした。
産んでくれてありがとう。

ちょっと変わってる、普通じゃない
散々言われてきたこの人生。
それでもここまで生きてきた。

私を育ててくれた人が
育てたことを誇れるような
そんな生き方をしたい。

背負った鞄はまだ空っぽ。

ハロウィンの日、私は大人になる。

第二章

雪解け

ことばに触れられるあなたは、孤独じゃない
もう一度、何度でも
ことばをいつまでも
強くならなくていい
大丈夫じゃなくていい

私たちは弱いまま
だから、はなそう

灯りはなくていい
あなたがいればいい

ことばの轍
あなたの足跡をさがして
三叉路に陽を焚べる

線を引く

僕は線を引く仕事をしている
あっちと、こっちを分ける仕事
好きじゃないから、仕方なく
誰にでも分かるように
線を引いている、仕方なく
本当はグラデーションだと思う

万物、明暗を分つことはできず
何色ともいえぬ色をしているものばかり

誰かが決めた決まりごとは
他の誰かの困りごと

僕は線を引いている
誰かは涙を流している

そんな世界とは
もう一線を引きたい

幸か不幸かさえも
自分一人じゃ判断できない
人間なのだから

喜劇

笑いながらなんて生きてられない
命からがら転げていく刹那
サイの目はまた光を当てるから
ぼくはまた幹を太くする
生き方の説明書らしきものは
どこにも無さそうだから
照らす陽の影を頼りに
ぼくはまた歩き出す

数マス先から振り返れば
一切合切、喜劇
花が咲いたら
見えなくなる空の一部があったとしても
それに勝る景色があるのなら
ぼくはまた種をまく
花の咲く木の陰で語り合えば
一切合切、喜劇

生命

春は来るかもしれない
あなたがいなくても

私は産まれないかもしれない
あなたがいないとしたら

夜は明けるかもしれない
私がいなくても

あなたは死ぬかもしれない
私がいないあいだに

私にとってそれは悲しい
地球滅亡と同じくらいに

私はあなたの子供でありたい
それが私の初めての肩書き

あの日から

立ち止まっていた
季節なんて忘れていた
そんなことに気づかされたのは
汗のせい
久しぶりだな
涙以外のものを流した
嬉しくも悲しくも寂しくもないのに

流れていくから
そっか、生きてるからか
気づかされたの、夏

最期の一冊

母に先立たれたものたちは
少しばかりの埃をかぶって
まだここにいる

ふと、部屋の隅を探る
鞄、ティッシュ、帽子、ウィッグ
2年前の予定が新鮮なままの手帳

遺された物の一つ
「余命10年」
藁のカゴより出土
栞の所在は27ページ

「病院のコンビニにあったから」
たしかそう言っていた
残されていた時間の短さに
母指を重ねる
診察までの時間にめくったページ
その痕跡を辿って、通り過ぎて

包まった布団の中で
夜を間借りして生まれた朝
母が閉じた物語を咀嚼しながら
いまここにいる

美しさ

生活の中にあった温もりが冷めていく
髪の毛の匂い
手の温度
価値観さえも
それでも私の血の中にあなたが
少しでもいるのならばそれだけで、ふたたび
冷たくなった日々を温めなおして

振り返れば
今の僕には眩しすぎる

お気に入りの映画も
読みかけの小説も
行きたかったあの場所すらも
あなたがいないままでは
意味すら持たない、空の空き缶

ノスタルジックはいらない
それを「美しい」と捉えてしまう心はもっといらない。
でもきっと、未来の私は涙してしまう

笑うあなたを、見つめながら

遺しもの

はてしなく
あてもなく
遠くまで
歩いてきた

振り返らず
いや、振り返れず
ここまで

ようやく振り返って
目を見ると
あれもこれもが
崩れていった

突貫工事で締めた胸は
音を立てずに割れた
糊付けを重ねたはずの涙腺も
連なって剥がれ落ちていく

なにも持たず

いや、なにも持てず
ここまで

ようやく手を開き
痛みを持つと
あの日、が聞こえた
そんな気がした

覚えてなくていいものばかり
やさしさの中に愛情が
忘れなくていいものばかり
ぬくもりの中に日常が

未だここにある、手の中にある

第三章

蝋燭

暗くて狭くて、しかし深い
孤独の中にいるときは
果てなくやさしい灯火が
いつにも増して揺れて見える

「楽しい」はいつしか「楽しかった」
思い出になっていて
じんわり じんわり 溶けてゆく

眠れない夜には蝋燭を灯す
ことばを育む手のなかで
ちいさな ちいさな 私の世界で
今日をもう一度、結び直す

無邪気に言えた「おやすみ」が臆病になっていく
私はギュッと抱きしめたくなった
ひとりの夜、ことばを探し疲れて
ぼんやり灯がどうも眩しい

一人部屋

忙しない食卓を抜け、扉を閉めた孤城で
ツキはぬいぐるみのクマを愛でる
「サン、今日もひとりぼっち同士だね」
こくりとも頷かないまま、サンはいる
ツキにとってはそれでよかった
それだけでよかった

黒熊なので孤城の中ではほとんど姿は見えない

そこにいる手触りだけがあった
ツキの生命維持は小さなもふもふに託されている

イエスもノーもいらない世界で
頭痛の奥にあるドロドロしたものを垂れ流す
「あなたも私もかわいい　それだけでいいのにね、世界」
サンの手を握る手がジワリ熱を帯びる

孤城の中でだけは人間を辞められるので
やさしくもなれるし、さみしくもなれる
いかることもできる、つよがらなくてよかった

ある日、サンがいなくなった
いつもあるもふもふがそこにない
慌てふためき孤城は音をたてた、体の思うまま
本の山を壊し、棚の角に指をぶつけ、
探し諦めていたピンバッジが出てきた

「さみしくないよ、サン」
孤城ではじめての強がり、声は細かった
ベッドの下に手を突っ込む、あの手触り
「かくれんぼなんて大嫌い」
崩れかけた孤城、太陽が照らした恍惚
お母さんの声がして、慌てて人間に着替え直した

落ち込みながら、光ればいい

一冊のノートが物置部屋から出てきた
中学生の頃の日記のようなもの
変わらないところも変わったところも
私らしさを創ってきた証
中学生の私は、世界と戦っていた
今の私も、戦っている

元より劣勢かもしれないが、至って真剣に
失くしものを思い出して涙で終える日もある
夢から転げて彷徨い続ける日もある
あの頃から変わらず、眠れない夜もある

立ちはだかる明日に立ち向かうには
不完全な私では心細すぎるのだ

落ち込みながら、光ればいい

完全体であれたら、そりゃいいけど

そんな日ばかりじゃない
深い布団から抜け出すの、まず一苦労
差し込んでくる朝日が襲う
前哨戦、今日は笑いながら出迎えよう

砂時計

何を見ても笑えなくて、そんな夜が怖くて海まで歩くことにした、まるで天地の逆を終えた砂時計のように砂粒サイズの非可逆的な怒りが溜まっていく

君が破った約束を許せるほど優しい心はまだ持ち合わせていないから、顔を合わせなくて済むように、君の家とは反対側の海に行くよ、塩っぽくて

湿っぽくて涙も出ないなって、またメールを送っちゃうんだ、駄目だね、結局帰りたくなってしまう心を殴りたい、心臓ってどこにあったっけ？裸足になって、指の谷間に入り込む砂の感覚が心地良くて、陽が昇っていた頃のあれもこれもどうでもいいような気がして、下に溜まっていた砂時計をひっくり返す

目が覚めたら、なんの変哲もない朝だった、昨日の私の抜け殻はその日のうちにゴミ箱へ捨てていたようだ、清々しい、愛を伝えるにはメールよりも電話がいい、僅かな体温を感じさせるから、ス

ピーカーの向こうから聞こえた声に興奮して、何
かを落とした、

冷たい声が重なるたび、崩れ落ちていく、心、こ
こにあらず、副作用、声を聴くとまた溜まってい
く、想い、おもい、重い、私だけ？　泣きたくな
る、割れたガラス、砂が散った

「幸」みたいな顔して

ちゃんと食べれていますか
好物を頬張って
幸せを可視化したみたいな顔を
思い出すたび満たされてしまいます

あなたが頬を丸くするとき
目尻を垂らすのは
あなたの「感情」そのものが

世界の全てであってほしいから

ちゃんと息を吸えていますか
風船みたいな心臓だから
細くなった心が刺してしまわないか
時折あなたの胸の動きを確認してしまいます

あなたが眉間に皺を寄せるとき
耳を塞ぐのは
あなたの心臓が割れる音を
聞きたくないから

ちゃんと眠れていますか
毛布にモフリして
少し口角が上がったまま
目を瞑っている様子を思い出します

あなたがやさしく目をくっつけるとき
見惚れてしまうのは
あなたの知らないあなたを
見れる孤独だから

長田

言葉が白く見える夜
改札を出て、揺れながら歩く
「一年。あっという間だったね」
と、頬をさする僕らだけの世界が
今年もあればいいな、と思う
ただそんなことを願う
神社へ向かうその足で
噛み締めたり

踏み出したり
無法地帯を整える提灯に
どこ宛てかわからぬ懐かしさを感じて
またここに還ってきたのだと
手袋で抱擁されたかじかみが疼く
口にすれば、消えてしまうから
封をしたまま夜を終えよう
今日も心に重さが無いことに
安堵するよ、白い吐息

はなまる

スコップも捨てて
「間違っている」ことばかり
拾って、全部に花を咲かせたい
暮らしに埋もれた「絶対」は
一時代後、ほとんど化石

あの子の世界と私の世界

ほとんど違っているけれど
ほんの少しだけ交わっている

君の見ている世界全部に
ほんの少しの共鳴、高鳴る

もう少しだけ空が
歩み寄ってくれたら
飛べるのにな、人類

触れられなくても、あそこにいる
それだけは確かだって、言って

性

私が男であると、
子宮の中で暴れている時から決まっていた。
男も女も曖昧な時から今日まで
「おとこのこ用」を
「かっこよさ」を
「メンズ」を
手渡されるがまま受容していたくなかった、
「おんなのこ用」を

「可愛い」を
「スカート」を
横目に見ながら
自分の人生とは無関係のものとして
折り合いをつけるほかなかったのだけれど。
誰に見せるでもなく、
自分らしさを押し入れに閉じ込めた。

私が愛を知る時、
花嫁にはなれないことを知る。
未来を描く理想図は
いつも男と女のワンセット。

私はどこにいるのだろう、映画館
どの役にも感情を寄せられぬまま乾いていく頬。

身体と心の重なるところを私と呼ぶのなら
私はどこにもいない。
身体は身勝手に発達し男感を醸す。
自分の好きを自分の身体が貶していく、
私は男であると、身体が唸り声をあげる。

母になる

私の体に灯火を灯せないこと
それは静かに私を苦しめた
しかし、
鏡越しの私は奥底でほっとしている

手を離せば消えてしまいそうな灯火を
風からも雨からも守らねばならない
自分の傘を持つだけで精一杯のこの手で

私の体には灯せないことを知ってから
私はすこし軽くなった
何かを降ろした気がする

それでもせめて
自分のことだけは守らねばならない
母からもらった灯火を久しぶりに抱く
自分の傘は自分で持てるように

そしていつか
大切な誰かに出会えた時に

迷わず傘を差し出せるように

私の体に灯火を灯せないこと
守るべき灯火は私の外にあって
体内であるかどうかは問題ではなかった
灯火は微笑むように揺れた

私は傘を持つ、微笑みを返す

第四章

青くなれない私たち

誓いを立てた砂浜に、さざ波
夏が私の心を散らかしていった
微細な夕焼け
飲み込まれてしまいそう
明日の不安も今日の失敗も
横に置いて、今は

海を溜める
バケツいっぱいに
溢れちゃう
その前に
穴を開けるのを忘れちゃいけない

悲しいことがあった時は
ほんの少し透明になる
青を含ませてようやく
その輪郭が少し見える

言葉では重ならないことばかり

青く染まった体を
洗い流すことでしか
私たちは溶け合えない

孤島

ショーウィンドウ越しに映る君が、俄然かわいく見えてしまったあの日の目はどうかしていた。だから、ここにいるんだ。珈琲店で、バナナジュースを頼むのが君です。僕は君を見て少し顔を歪めた。優しさは駆けていく、置き去りの憎悪。お金じゃ買えない、心は。それぞれに家があって、それがあまりにも寂しかった。

君がスカートを履いていている姿を見たことがない。

それがなぜだか不思議に思った。君はスカートを履く必要のある人であったはずなのに、どうしたものか、僕だけが履いていた。それがおかしくて。「それでもいいじゃん」って君は笑うけれど、それは真か。

僕は死ぬまで僕をやっていかなくてはいけない。けれど、君と並んだ世界では、僕は僕でいられない。と思ってしまって窓を閉めた。カーテンは閉めない。君が見えなくなるのは違う気がして。

僕たちの営みは、ドラマの台本のようで、確かに怪しかった。今振り返れば、の話だが。僕たちは、繋がっているために互いの糸を、固結びしようと試みるけれど、結局、蝶々結びが妥当な線だ。怒りが詰め込まれた風船は破裂して、液状化したままの感情をバケツに汲んだ。

でも流れていった。穴が空いていたからだ。僕の全身は沈み、感情は窒息した。研究結果、君の世界は、二分されていなかった。ただ、僕の世界だけが、孤島だった。

青春

再入場できない春の丘に
忘れてきた小瓶
どんな言葉も思いの欠片も
及び腰で目指せる場所なんて
あるはずもなくて
受取人不在の往復切手
投函したまま、未だ行方知らず
君がいないのなら、僕は

ひとでなくてよかった
ろくでなしでよかった
誰もが持っていたはずなのに
気づかず通り過ぎてしまったもの
燃やさないまま捨てた、鼓動の落書き
毎日のほんの片隅で揺れる小瓶は
いつか飲み干した空の色をしていた

学校

なぜ生きているのかさえ
思案する気もないまま
死ななくても済むから生きている
そんな君は青春の味がする

でさ、で切り返せる話ばかりの教室
惰性が透けた悪口の行進
殺意の似合わない制服が

刺してくる、私の背後から

廊下は歩きたくない
教室はもちろん嫌い

人の気に反り立つ心のざわめきは
私にしか聞こえないで
誰にも聞こえないで
ただ、一人だけの叫びでいて

私が抱く孤独は
保健室にいるあの子には

きっとわからない、わかるはずもない
大嫌い、って言わない私はやさしい

蛍光マーカーで色づけた「青春」に
今日も赤シートをかざして
いつか世界をひっくり返すための
作戦会議を開いている

雪の駅

髪をねじる。癖のある髪に巻きついていく指。何も進まない時ほどよく絡みつく。解いても跡が残り、癖は増し、輪郭の一部になる。首にまで伸びた触手のようなそれは、自我を持って排水へと行方を暗まし、私から生まれでた膿として水の棲むところへ放たれていくのでした。

蒸気機関車の汽笛の音が響いたプラットホーム。

乗り過ごさないよう、前日に仕込んだ荷物を両手に抱え、コート姿の私は降りた、雪の駅。既に朧は私の脳裏から削ぎ落とされ、少しばかりの孤独だけが積もっているのでした。

雪は海を渡り、浜辺を染め、私の生活を立ち止まらせる。汗をかきパンク寸前の回転数で走り続けてきた夏と秋。ニット帽はおだやかに、癖のある髪を眠りにつかせた。弛んだマフラーに顔を埋めた私は、雪と一緒に夏の駅へ向かう方法をいくつもの夜、考えているのでした。

第五章

ヒーロー

ねぇ、ヒーロー
誰かを救うためにはさ
君自身をほどかないといけないよ

君はとても胡散臭い
でも、それは
君の「せつじつさ」ゆえ
なのだと思う

忘れちゃダメだよ
本当にかなしい時には
涙もでないってことを

何もいえず耐えしのぶ者には
何もしてやれない
ただ、屋根になること
いつか、かなしみが雨になるまで

そんな時にはマントも手袋も持たず
君の「せつじつさ」を

ジョーロに汲んでおけばいい

かなしくない

わたしは
にねんまえに　母を　なくしました
かなしくはありませんでした
さみしくもありませんでした
なみだもでませんでした

さいしょのうちは　とても　つよくて
りっぱなわたしでした

それから　いちねんが　たつころ
わたしはかなしくなりました
さみしくもなりました
なみだがひとつ　ふたつ
とまらなくなりました

なにをしても　なにをみても
からっぽなわたしでした

それでも　じかんは　とまらなくて
なみだをながしているあいだに

母のいたころから　ずいぶんと
とおくまで　きてしまいました

わたしのこころには　ことばがあって
それだけがわたしをつないでいました

かなしさと　さみしさと　なみだと
そして　母と　ことばをならべて

いまはすこしだけ　かなしくない
とおもっています
すなおなきもちを　かいているから

かもしれません

さいた

ぼくは、たねをうえたおぼえはない
けれど、さいた
ぼくは、みずをやったおぼえはない
けれど、さいた

ねえ、とうちゃん
たねうえた？

ぼくのあたまに
たねうえた？
ねえ、かあちゃん
みずやった？
ぼくのあたまに
みずやった？
ぼくがしらないうちに
さいた、はな

はなは、ぼくの
うえにさく

かがみをみて
ぼくは、すこし
めをそらしちゃう
みずをあげながら
ぼくは、

はなのなまえを
かんがえている

しらないあいだに
さいた

はなのなまえを
かんがえている

うんこ

僕は毎日新しい命を生む
お母さんが僕を生んだように
ボトン！と音を立てて

今日は肌の色が濃い子
今日は大きくて立派な子
毎日新しい生を与える
けれどお母さんは水に流せと言う

僕が生んだ未だ声もあげない子供を
さようなら
流れに乗り遅れないように
渦の真ん中に飲み込まれていく

夜は

こんなにも
ひたすらに
僕をひとりにする
散らばった僕を
布団に寝かしつけて
束ねる

半熟のこころ
焦がさないように
優しく巻いて

心の中では
離れていることなんて
ほんの些細なこと

どちらでもいいことばかり
答えはひとつじゃないし
道はふたつじゃないよ

僕らは明かす
ひとりと、ひとりの
夜を明かす

強さとは

力が強いとか口が立つだけが強さじゃないよ
痛みや涙をひとつひとつ摘むことも
人を癒す優しさの種になる
僕たちは誰も一人では生きれないから
転んだ人には肩を涙する人にはハンカチを
苦しみと優しさが手を取り合うとき
震えながら強くなる

ことば

たった一枚の便箋が
少女の心に羽を与えました
その羽は少女をあたたかく包み
どこまでも連れて行ってくれるのでした
たった一言の伝言が
少年の心を明るく照らしました

その灯は少年をやさしく支え
いつまでも寄り添ってくれるのでした
にんげんが使える
数少ない魔法のひとつ

ユーアンドアイ

いつの日も
何かのあわいで生きている
夜と朝の
生と死の
こころとことばの
うれしさとさみしさの
混ざり合えないあわい

一つ一つ違う星
一人一人違う未知

境界が限りなく
薄くなっていくのは
好きな人の言葉に
囲まれているからかな

一人と一人を温めるのは
ポッと灯るなみだの鼓動

心と心の重なるところを

地平線と呼べたなら
そこまで一緒に生きてみよう
二人だけの未知を知ろう

世界で一人だけの
あなた　そして私

もうすぐ朝が来る
星のゆらぎに火を焚べて
私とあなた　私たち
生きるための言葉を重ねて
やわらかな日々を束ねよう

初出一覧

灯台	『たびぽえ』２０２２年秋冬号VOL．４
奥地	『月刊 ココア共和国』２０２２年２月号
手に	詩誌『凪』２号
ポエトリーゴーランド	詩の個展『ポエトリーゴーランド』
異星人	書き下ろし
愛	神戸新聞文芸２０２４年５月６日
未完成	『月刊 ココア共和国』２０２１年５月号
両手に爺	琉球新報『琉球詩壇』２０２３年１月14日
窓	神戸新聞文芸２０１６年５月９日
誕生日	神戸新聞文芸２０２１年10月４日

雪解け	ミニ詩集『空が青くない日でも』
線を引く	詩誌カフェオレ広場 season2
喜劇	神戸新聞文芸2022年7月13日
生命	ミニ詩集『星は星であるために光る』
あの日から	ミニ詩集『窓があるから、世界が眩しすぎる』
最期の一冊	神戸新聞文芸2023年6月5日
美しさ	神戸新聞文芸2022年2月21日
遺しもの	ネット
蝋燭	ミニ詩集『ことばを育む手のなかで』
一人部屋	書き下ろし
落ち込みながら、光ればいい	『3日で書け』2022年冬
砂時計	『ユリイカ』2021年5月号
「幸」みたいな顔して	琉球新報『琉球詩壇』2023年2月11日

長田	神戸新聞文芸２０２３年２月15日
はなまる	神戸新聞文芸２０２３年11月15日
性	神戸新聞文芸２０２１年12月20日
母になる	書き下ろし
青くなれない私たち	神戸新聞文芸２０２３年９月４日
孤島	神戸新聞文芸２０２２年12月19日
青春	神戸新聞文芸２０２３年７月17日
学校	ミニ詩集『空が青くない日でも』
雪の駅	詩誌『凪』４号
ヒーロー	神戸新聞文芸２０２４年３月11日
かなしくない	『手紙のようなもの』２０２４年２月
さいた	望星２０２３年６月号

うんこ　『月刊　ココア共和国』２０２２年12月号
夜は　『手紙のようなもの』２０２３年７月
強さとは　ネット
ことば　ミニ詩集『ことばを育む手のなかで』
ユーアンドアイ　書き下ろし

星野 灯

TOMORU HOSHINO

２００１年10月生まれ、兵庫県出身。
２０２１年神戸新聞文芸年間大賞受賞。
詩の個展「街に詩があればいいのに。」（２０２３年）「ポエトリーゴーランド」（２０２４年）
詩の朗読会「冬眠し損なった私たち」（２０２４年）

星のゆらぎに火を焚べて

2024年11月29日 発行

著者：

星野 灯

発行者：

後藤聖子

発行所：

七月堂

154-0021 東京都世田谷区豪徳寺1-2-7

Tel: 03-6804-4788

Fax: 03-6804-4787

印刷・製本：

渋谷文泉閣

ISBN 978-4-87944-595-7 C0092